きつねとたんぽぽ

松谷みよ子・作　いせ ひでこ・絵

小峰書店

もくじ

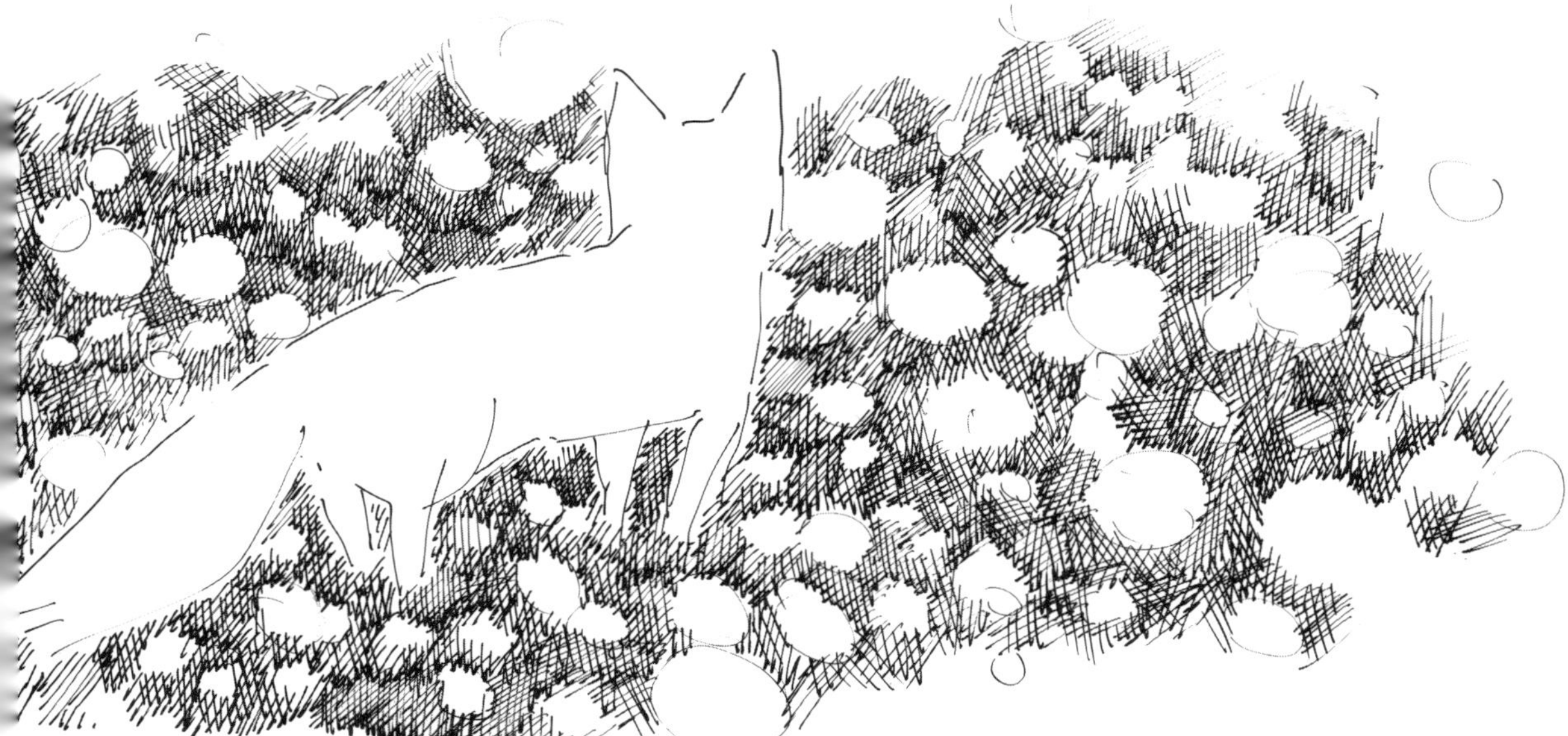

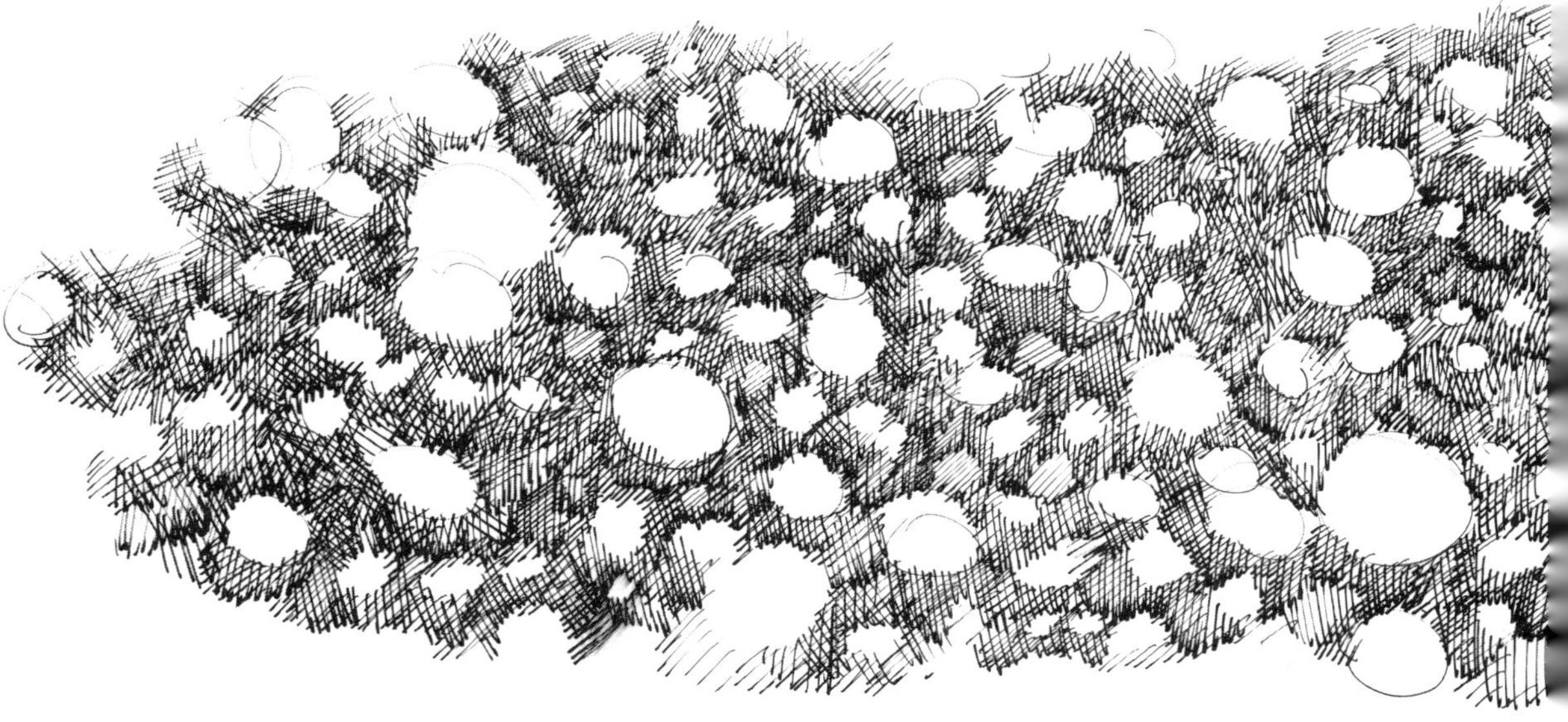

きつねと　たんぽぽ

ちいさな　ノブくんは、　おじいちゃんに　つれられて、　きしゃにのって、　おやまの　おじいちゃんの　うちに　きました。

「おばあちゃんに　あげる。　アンパン　あげる。」

ノブくんは、　きしゃの　なかで　かった　アンパンを、　ふくろごと　おばあちゃんの　ての　うえに　のせました。　それから　すこし　かんがえて、　そのなかから　一つ、　また　じぶんの　バスケットに　しまいました。

「はっはっは、それは　ノブくんの　ぶんかね、はっはっは。」
おじいちゃんは　わらいました。おばあちゃんも　わらいました。
ノブくんは　はずかしく　なりました。だって、おじいちゃんと
おばあちゃんが　あんまり　おおきな　こえで　わらうんですもの。
ノブくんは　ぴょんと　たって、おもてに　とびだしました。
「ぼく、うらやまへ　いくんだ。」
おおきな　こえで　そういうと、うらやまへ　いく　ほそい　さ
かみちを　はねていきました。
ノブくんは、うらやまなら　よく　しっています。おじいちゃん
ちの　うらを、どんどん　のぼっていくと、おおきな　すぎのきが、
のんのん　はえている　ところへ　でます。そこを　もっと　のぼ
っていくと、おじぞうさまが　たっていて、そこからは　おじいち

ゃんと　おばあちゃんの　むらが、まるで　まめみたいに、ちいさくみえるのです。
ノブくんは　バスケットを　ふりながら、よいしょ　よいしょと、のぼっていきました。やっと　おじぞうさまの　ところまで　きました。
「ぼく、おなか　すいちゃった。アンパン　たべよーっと。」
だれも　いないので、ノブくんは　ひとりで　そういって、バス

ケットから　アンパンを　だしました。かじろうとすると、あれ？　だれかが　みているような　きがします。

「だあれ？」

ノブくんは　まわりを　みまわしました。でも、だあれも　いません。おじぞうさまの　まわりで、あかまんまが　かぜに　ふかれているばかり。

ノブくんは　また、アンパンを　くちに　もっていきました。そうしたら、こんどは、はっきり　カサカサって　おとがしました。

「あ、そこに　いるの　だあれ？」

おじぞうさまの　かげから、ちょこんと　のぞいたのは、いぬでしょうか、いいえ　いぬじゃ　ありません。くちが　とがっていますもの。

その、なんだか　わからないものは、じっと　ノブくんを　みていましたが、ぱっと　はしりだし、おおきな　すぎのきの　うしろに　かけこむと、また　くるりと　ふりむいて、ノブくんを　みました。

「あ、きつね！」

ノブくんは　さけびました。ふとい　しっぽ、そうです。たしかに　きつねです。ノブくんは　きつねの　ほうへ　かけだしました。

きつねと　ノブくんの　かけっこが、はじまりました。きつねはかぜのように　はしっては、ふいに　たちどまって、うしろを　ふりむきます。そして、ノブくんの　てが　さわりそうになるまで、まっているんです。

ですもの、ノブくんだって、やめられません。どこまでも、どこ

までも　おいかけて……、きがつ
いたときは、いちめん　いちめん、
きいろい　たんぽぽが　さいてい
る　はらっぱに、はあはあいって
たおれていました。
　きつねも、すこし　はあはあし
て、ノブくんの　すぐ　そばに
すわりました。
「きつねちゃん、もう　にげるの
やめてよ。なかよしに　なろうよ。」
　ノブくんは　そういって、アン
パンを　ちぎって、きつねのほう

に　だしました。きつねは　くちを　あけて、こくんと　たべました。

「わあ、きつねちゃんは　アンパン　すきなの。ぼくと　おんなじだね。」

こくん、こくん、こくん、きつねは　おいしそうに　のどを　ならして　のみこみました。ノブくんは　それを　みて、はねあがりたいくらい　うれしかったのですけど、きがついたら、おなか　ペコペコでした。

「ぼく、おうちへ　かえらなくちゃ。」

ノブくんは、よいしょって　たちあがりました。もう　そらは、インクいろに　ゆうぐれて、いちばんぼしが　ひかりはじめ、つめたい　かぜも、どうっと　ふいたのです。

「おうち　どこだろ。」

ノブくんは　くちを　へのじに　まげて、なきそうに　なりました。きつねを　おいかけて、いったい　どこまで　きてしまったのでしょう。

そのとき、コーン、きつねが　ひとこえ　なきました。と、どうでしょう。もりの　なかの　ちいさな　はらっぱ　いっぱいに　さいていた　たんぽぽが、ゆれながら、いっせいに　あかりを　ともしたのです。

「うわあ、でんきが　ついた。たんぽぽの　でんき。」

ノブくんは　さけびました。そして、むちゅうで　たんぽぽをつみました。ノブくんの　てで　つまれるたびに、たんぽぽの　あかりは　ますます　あかるくなり、さしあげると、はなびのように

かがやきました。

「わーい、わーい、おはなの　はなび、たんぽぽはなび。」

ノブくんは、そらいっぱいに、はなを　なげあげ、なげあげてはさけび、また　はなびを　つみました……。

きが　ついたとき、ノブくんは　おじいちゃんの　うちの　おふとんに、ちゃんと　ねていました。

もう、あさでした。

「へんだなあ、ゆめかしら。」

ノブくんは　めを　こすろうとして、はっとしました。そのてには、しっかり　たんぽぽが　にぎられておりました。

どうして　そういう　なまえ　なの？

まっくろな　ちいちゃな　こねこが　いいました。

「ぼくの　なまえは、クーって　いうんだよ。」

それから、だれも　きかないのに　いいました。

「どうして　クーって　いうんだか、おしえてあげようか。」

そばに　すわっていた　しろい　こねこは、あんまり　へんじを
しなくても　わるいと　おもったものですから、いいました。

「ええ、おしえて　くださいな。」

するとクーは、フムフム、はなを　ならして　うたいはじめました。

クーなんて
へんな　なまえだと　おもうでしょう
ところが　なかなか　そうじゃない
まず　だいいちに　いえるのは
まっくろくろの　クーなんです
へえ　それだけ、って　おもうでしょう
ところが　なかなか　そうじゃない
だいにばんめに　いえるのは
くまちゃんみたいな　クーなんです

へえ　それだけ、って　おもうでしょう
ところが　なかなか　そうじゃない
ぼくは　とっても　くいしんぼ
アンパン　ジャムパン　オセンベイ
なんでも　ペロリと　たいらげる
だから　つまり　そうなんです
くいしんぼうの　クーなんです

「まあ　なんて　おもしろいんでしょう」。
しろい　こねこは、すっかり　かんしんして　いいました。
「わたしなんて　つまらないわ。しろいから　シロよ」。
ほんとに　それでは　つまらないと、まっくろくろの　クーは

おもいました。

「それじゃさ、ぼくが　いい　なまえを　つけてあげるよ。きみは　あおい　おめめを　しているから、あおいおめめさんって　なまえが　いい。」

　そこで、クーと　あおいおめめは、みんなが　どんな　なまえか、ききに　いくことにしました。

　しばらく　いくと、とこやが　ありました。とこやの　まどに、くろと　しろの　ぶちの　こねこが　すわっていました。

　さすが　とこやの　ねこだけあって、おひげは　ぴんぴん、けなみは　ぴかぴか、まるで　こうすいでも　ふりかけたような　おしゃれねこです。

「もしもし、あなたの　おなまえは？」

Bar Ber

クーが　ききました。

「ぼくの　なまえは　ペン。」

ペンは　いばって　いいました。

「ペンだって？　おもしろい　なまえだねえ、どうして　ペンって
いうの？」

すると　ペンは、うしろあしで　たちあがり、ちんちんを　して
みせました。

「ほうら、ぼく、こうすると　なにに　にている？」

「あ、ペンギンだ！　のどから　おなかまで　まっしろだし、せな
かと　ては　まっくろだし、まるで　ペンギン　そっくりだ！」

「ね、わかったろ、ペンギンの　ペンが　ぼくの　なまえさ。」

はーん、クーと　あおいおめめは、すっかり　かんしんしてしま

いました。
　すると、そこへ、のらねこの
ケムおばさんが　とおりかかりま
した。
「おばさん　おばさん、おばさん
は　どうして　ケムっていうの？
おしえてよ！」
　三びきの　こねこは、こえを
そろえて　いいました。おばさん
は　たちどまると、ためいきを
つきました。
「あたしゃね、ケムシみたいだか

ら、ケムって　つけられたんだよ。」

そういうと、ケムおばさんは　のろのろと　あるいていって　しまいました。

クーも、あおいおめめも、ペンも、なんだか　きゅうに　かなしくなりました。そういえば、ケムおばさんは、ちゃいろの　きたない　ケムシに　そっくりです。でも、ケムシの　ケムなんて、なんて　かなしい　なまえでしょう……。

そのとき、

「じゃまだ、どけ　どけっ。」

と、うなりながら、おおきな　いぬが　やってきました。

三びきの　こねこは、もう　びっくりして、そばの　きの　うえに　かけあがりました。

ウー　ウー　ウー
おおきな　いぬは　うえを　むき、三びきの　こねこを　にらみつけて　うなります。三びきの　こねこは、ぶるぶる　ふるえていました。すると、どこかで　こえがしました。
「チビ　チビや、おいで。」
そうしたら、まあ　どうでしょう。おおきな　いぬは、しっぽを　ぴんぴん　ふって、はしっていって　しまいました。
「あれ、チビって　いうんだよ。あの　いぬ。」
みんな　びっくりしました。
「どうしてだろう、あんなに　おおきいのに、チビだって……。」
三びきの　こねこは、いつまでも　くびを　かしげて　かんがえていました。

きつねのこの ひろった ていきけん

三びきの　こぎつねが、よるの　みちを　あるいていました。
うたを　うたいながら、あるいていました。

おやまの　おやまの　しろぎつね
おつきさまが　ほしいと　なきました
一ぴき　なけば　みんな　なく
コーン　コーンと　みんな　なく

すると、みちの　まんなかで、ピカリと　ひかったものが　あります。

「あ、なにか　おちているぞ。おつきさまの　かけらかな？」

すえっこの　コンキチが　さけびました。

「しかくいわ、かがみじゃないこと？」

そういったのは、ねえさんぎつねでした。

「ちがうよ、おいしいものだ！」

にいちゃんぎつねが　とびついて、ひろいあげました。

でも　それは、おつきさまの　かけらでも、かがみでも、おいしいものでも　なくて……　セルロイドの　いれものに　はいった、きしゃの　て・い・き・け・んだったのです。

「こんな　たいせつなもの、だれが　おとしたんだろ。」

三びきの　こぎつねは、あっちを　むいたり、こっちを　むいたりして、くびを　かしげました。たけやぶの　あいだの　ほそいみちです。あかい　つばきの　はなも　さいています。でも　あたりは　しんとして、おつきさまだけが、あおく　ひかっていました。

「これ、もらっておこうよ、ていきって　すごい　おたからなんだぞう。これさえ　あれば、どこまでだって　いけるし、一にちに、ひゃっぺんだって　きしゃに　のれるんだ。」

にいちゃんぎつねは、もう　ぜったい　はなさないと　いうように、てを　うしろへ　まわしました。

「まあ　ずるい。みんなで　みつけたんですもの、みんなのよ。」

「だからさ、かわりばんこに　つかおうよ。ああ　ぼく、なにに　つかおうかな。」

「あたしはね、あたしは　こうするわ。この　ていきけんで　きしゃに　のって、とうきょうへ　いくの。そしてね、いちばん　はやっている　ようふくの　かっこうや、かみの　かたちを　みてくるわ。なにしろ……」。

　ねえさんぎつねは、かなしそうに　いいました。

「なにしろ、おかあさんたら、すぐにね、ばけるんなら、おんなのこは　ふりそでで　きて、なんていうの。てんで　りゅうこうおくれよ。」

「ねえさんて、あいかわらず　おしゃれだな。ぼくは　ちがうな。ぼく、まちへ　いって、コロッケってものを　たべるんだ。もうあぶらげなんて　あきあきしちゃった。なにしろ　まちへ　いくと、ジューって　コロッケを　あげるんだって。ああ　うまそうだ。かんがえただけでも、つばきが　でてくるよ。」

にいちゃんぎつねは、したを　ぺろんと　だして、くちの　まわりを　なめました。どうも　くいしんぼうの　にいちゃんです。でも、すえっこの　コンキチぎつねは、もっと　もっと、いいことをしたいんです。

「ねえ　にいちゃん、この　ていきが　あれば、どこまででも　きしゃに　のって　いけるんでしょう。だったら　ぼく、ホッキョク

へ　いきたいな。ホッキョクには、ホッキョクぎつねの　おじさんがいるって、もうせん、かあさんがはなしてくれたよ。その　おじさんは　ふゆに　なると、まっしろな　しろぎつねに　なるんだって。そしてね、ひょうざんに　のって、たびに　でるんだって。いいなあ、ぼく　ぜったい　ホッキョクへいくんだ。」

「だって　おまえ。」

にいちゃんぎつねは、くちを

とがらせました。

「だって　おまえ、ホッキョクまで　きしゃが　いってるか　わかんないぞ。だいいち、おまえが　ホッキョクまで　いっちまったすきに、コロッケが　うりきれになったら　どうするんだい。だめだ、だめだ。おまえは　あとまわしだ。」


そのばん、三びきの　こぎつねは、みんな　ちがった　ゆめをみました。

ねえさんぎつねは　すてきな　ようふくを　きて、すまして　あるいていました。

にいちゃんぎつねは、おさらを　まえにして、コロッケが　くるのを　まっていました。いくら　まっても、いくら　まっても、コ

ロッケは　きません。それでも、ジュウ　ジュウ、コロッケを　あげる　おとがして、いいにおいが　してきますから、にいちゃんぎつねは、おなかに　ぐっと　ちからを　いれて、いっしょうけんめい　まっていました。

コンキチぎつねは、ホッキョクぎつねの　おじさんと、あおいうみを　ひょうざんに　のって、ながれていきました。ひょうざんも、おじさんの　しろい　けがわも、きらきら　ひかります。

コンキチは　うれしくなって　うたいました。

こおりの　おやまの　しろぎつね
おひさまが　ほしいと　なきました
一ぴき　なけば　みんな　なく
コーン　コーンと　みんな　なく

コーン　コーン、という　じぶんの　なきごえで、コンキチは　びっくりして、めを　さましました。もう　あさです。よあけの　うすあおい　もやが、あたりいちめんに　ながれています。とおくで、ポーッと　きしゃの　きてきが　なりました。

（そうだ、ぼく、ホッキョクへ　いくんだった。そうだ、はやく　えきへ　いってみよう。もしかすると、ホッキョクゆきって　きしゃは、でてしまったかも　しれないぞ。）

コンキチは、くるりと　とんぼがえりをして、にんげんの　おとこのこに　ばけると、ていきを　にぎって　かけだしました。やぶの　なかを　どんどん　ぬけて、きのうの　みちの　ところまで　きた　コンキチは　びっくりして、ぴたりと　たちどまりました。

まっかな　ほっぺたをした、かわいい　にんげんの　むすめさん

が、いまにも　なきだしそうになって、いったり　きたり　してい
るのです。
「ないわ、ないわ。ああ　どうしよう、あれが　ないと、こうばへ
いけないわ……。また　かいなおすったって、おかねが　ないわ……」。
むすめさんの　おおきな　めからは、いまにも　なみだが　ぽと
んと　おちそうでした。コンキチは、いきをのんで、じっと　みて
いました。むすめさんは、くるりと　まわれみぎを　すると、また
じめんを　のぞいて　あるきだします。
「ああ、こまったわ。どうしよう……」。
コンキチは　むちゅうになって、とびだしました。
「おねえさん、おねえさん、これ、おとしたんじゃない？　ほら、
ていきけん。」

「まあ！」

むすめさんの　かおが、みるみる　かがやきました。

「ありがと、ほんとに　ありがと。ぼうやが　ひろってくれたのね。」

「うん、ぼくね……。ぼく、ほんとは　それで　ホッキョクへ　いこうと　おもっていたんだけど……。いいよ。」

「え、ホッキョクですって？」

むすめさんは、おおきな　こえで　わらいだしました。

おかしくて、おかしくて、なみだを　ながして　わらうんです。

いま　ないた　からすのくせに、もう　わらっているんです。

「なんで　おかしいの。ホッキョクへは　いけないの？」

「そうよ、これはね、となりの　まちまでしか　いけないのよ。」

「なーんだ。それじゃ、とうきょうも　だめだね。ぼくの　ねえち

ゃんは、この　ていきで　とうきょうへ　いってね、どんな　よう
ふくが　はやってるか　みてくるって　いってたの。じゃあ　にい
ちゃんだけだ、いけたのは。にいちゃんはね、これで　まちへ　コ
ロッケ　たべに　いくって　いってたんだよ。」

「にいちゃんも　だめだわ。ていきってね、なまえの　かいてある
ひとの　ほかは、つかっちゃ　いけないのよ。」
「にいちゃんも　だめ？　ふべんなんだね、ていきって。」
コンキチは、がっかりしました。

「それじゃ、いっぱい　ていきが　いるね。ホッキョクの　おじさんとこへ　いく　ていきや、コロッケ　たべにいく　ていきや　なんか　いっぱいさ。」

むすめさんは、くっくっくっと　わらいました。

「ねえ、ぼうや、それじゃ　ていき　ひろってくれた　おれいにね、きょうの　ゆうがた、にいちゃんには　コロッケ、ねえちゃんには　りゅうこうの　ようふくの　でている　ざっし、いいわね、それから　ぼうやには……　そうだ、ホッキョクの　しゃしんか　なにか　さがして　もってきてあげる。ね、それで、がまんしてね。」

「わーい、うれしいなあ、いいよ、ぼく、それで　がまんする。」

コンキチぎつねは　おおよろこびで　はねあがり、もうすこしで　しっぽを　だすところでした。

ぞうと りんご

あきらと　ひろしが、そとで　あそんでいますと、おかあさんが
いそぎあしで、うちから　でてきました。

「おかあさん、どこいくの。」

「おかあさん　どこいくの。」

ひろしと　あきらは、りょうほうから　おかあさんの　てに　とびつきました。

「きゅうに　ごようが　できたの。すぐ　かえってくるから、おる

すぼん　していてちょうだいね。おやつは　とだなに、ビスケットと　おせんべいが　ありますよ。そうそう、りんごが　一つ　あったから、はんぶんずつ　しなさいね。」

「はーい。」

ふたりは、こえを　そろえて　へんじを　しました。

ところが　どうでしょう。

おかあさんが　かえってきてみると、ひろしと　あきらは、まっ

かな　かおをして、とっくみあいの　まっさいちゅうでした。

「にいちゃんが　ぼくの　りんごを　とっちゃったあ。」

と、ひろしが　いえば、あきらは、

「うそだい、うそだい、ぼくの　りんごを　ひろしが　かじったんだい。」

と、また　とっくみあいです。

おかあさんは　あきれて、しばらく　そこに　たっていました。

それから、さっさと　きものを　きがえ、かいものの　ふくろをあけました。

おかしの　つつみが、かおを　だしました。ふたりは　それをみつけると、けんかも　わすれて、そばに　ひざを　ならべました。

「おかあさん、それ　なあに？」

MON PAIN

「おみやげでしょう、ぼくたちん
でしょう。」
すると、おかあさんが　いいま
した。
「あのね、ぞうと　にんげんと、
どっちが　つよい？」
「そりゃ　ぞうさ。」
ひろしが　いいました。
「にんげんだい。」
これは　あきらです。
「そんなら　にいちゃん、ぞうに
かてるか。」

「かてるさ、いまに　おおきくなったら　かてるさ。ぞうより　にんげんのほうが　えらいから、ぞうが　つかまえられて、どうぶつえんに　いるんだよっ。」

「ふーん。」

ひろしは　かんしんしました。

「それじゃ、ぞうと　にんげんと、どっちが　りこう？」

おかあさんが　いいました。

「にんげん。」

ふたりは、おおきな　こえで

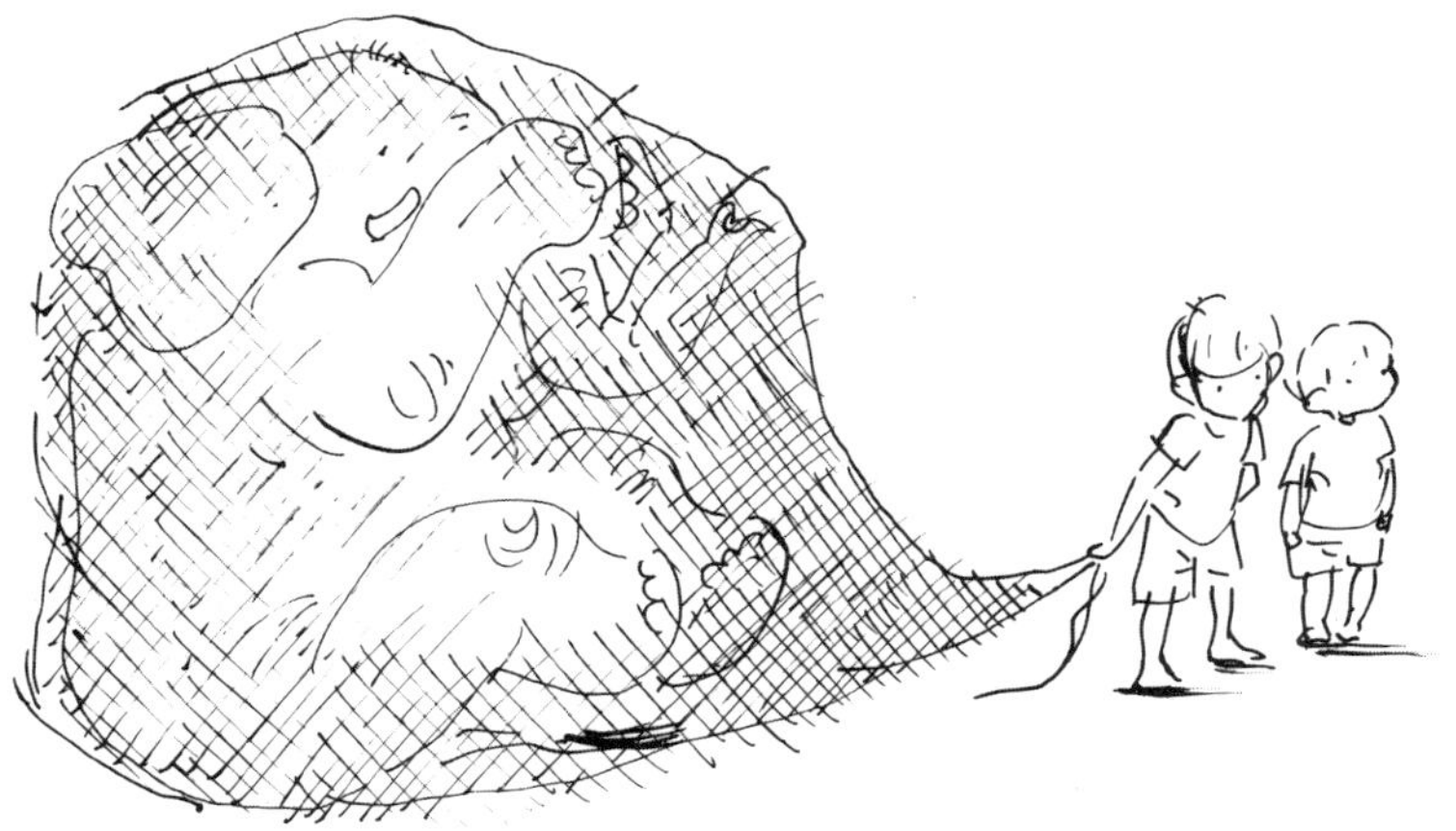

いいました。

「そうかしら？」

おかあさんは　くびを　かしげて、いいました。

「ふたりとも、よーく　その　ことばを　おぼえていらっしゃいよ。あした、いいところへ　つれていって　あげるからね。」

つぎのひ、おかあさんは　ふたりを　つれて、ある　デパートにいきました。

ふんすいが、きらきら　みずを　ふきあげています。ぶーん　ぶーんと　ちいさな　ひこうきも　まわっています。ふたりが　きょろきょろしていますと、かわいらしい　こどもの　ぞうが、ぞうごやから　でてきました。

みんな　わーっと、その　まわりに　あつまりました。

ようこそ屋上遊園！

「ぞうだよ、ぞうだよ、おかあさん、なにするの。どうして　でて
きたんだろう。」
ひろしが　さけびました。
「いろいろな　げいを　するのよ、みていらっしゃい。」
「わーい、うれしいな、うれしいな。」
ふたりは　うちょうてんになって、ぞうを　みつめていました。
ぞうは　こんにちはを　しました。それから、プップーと　ラッ
パを　ふいたり、あかい　はたを　ふったり、からんからんと　か
ねを　ならしたり　しました。
「おねんねなさい。」
ぞうつかいの　おじさんが　こういうと、ころりと　よこになっ
て、おねんねも　しました。それから、ちいさな　ごはんの　うえ

に、おおきな　あしを　四つ　のせ、たってみせたり　しました。

ちんちんも　しました。

けれど、いちばん　ふたりが　びっくりしたのは……、ぞうつかいの　おじさんが　りんごを　一つ、ぞうに　みせたときです。

「りんごを　あげよう。はんぶんだけ　たべて　よろしい。わかったね。」

ぞうは、はいっ、というように、はなを　たかく　あげました。

そして、りんごを　もらうと、くるりと　はなを　まいて、りんごを　くちの　なかに　いれました。

さあ、ぞうは　りんごを　みんな　たべてしまったでしょうか？

いいえ、きれいに　はんぶんに　わった　りんごを、ちゃんと　ぞうつかいの　おじさんに　かえしたのです。

みんな、パチパチ　てを　たたきました。

ふーっ、と、ふたりは　ためいきを　つきました。そして、かおを　みあわせて、こまった　かおを　しました。なにしろ　はんぶんずつですよ、といわれた　りんごを　とりっこして、とっくみあいを　したのは、きのうのこと　なんですからね。

「さあ、パンでも　たべましょう。」

おかあさんが　よんだので、みんな　そろって　ベンチに　すわりました。ぞうも　いつのまにか　こやに　はいって、ほしくさをもらっています。

「ぞうって　りこうだねえ。ぼく　かんしんしんしちゃった。」

ひろしが　すっかり　かんしんして　いいました。

「そう、ぞうは　とても　りこうなのよ。どくの　はいった　たべものなんて、すぐ　わかっちゃうの。いくら　おなかが　すいても、けっして　たべないそうよ。」

「へえ、そんな　わるいこと、してみた　ひとが　いるの？」

　あきらが　いいました。

「このまえの　せんそうの　ときなのよ。せんそうが　だんだんひどくなってね、とうきょうにも　ばくだんが、ドカーン　ドカーンって、おちてくるようになったの。それでね、どうぶつえんのもうじゅうが　あばれると　いけないから、みんな　ころせって、めいれいが　でたんですって。

　どうぶつえんの　おじさんたちはね、かわいがっていた　どうぶつを　ころすのは　いやで、とても　かなしんだのだけど、どうすることも　できないの。それで、らいおんも、とらも、ひょうも、

このとき、みんな　ころされたの。
だけど　ぞうは、どくの　はいった　たべものを　いくら　やっても、けっして　たべないんです　って。それで　とうとう、なんにも　たべものを　やらないで、うえじにさせることに　したんですって。
そうしたらね、ぞうは　だんだん　おなかが　すいて、しまいには、たっていられなくなってしまったの。

そこへ、いつも　ぞうを　せわしている　かかりの　おじさんが、ようすを　みにきたの。すると、ぐったり　ねていた　ぞうが、よろよろしながら　たちあがってね、ちんちんを　してみせたり、ごばんの　うえに　のってみせたり、いっしょうけんめい　げいをしてみせたんですって。

きっと　そうすれば、ごほうびに　なにか　もらえると　おもったのね。

けれど、なんにも　たべさせては　いけないという　めいれいでしょう。おじさんは　りんご　一つ　やることが　できないで、ぞうを　だいて　ないていたんですって。」

「ぞう、かわいそうだ。」

ひろしが　なきそうになって　いいました。

「それで　ぞう　しんじゃったの？」
あきらが　ききました。
おかあさんは　こっくりしました。
おかあさんの　めには、なみだが
いっぱいでした。
「せんそう　まだ　あるの？　そう
したら、この　ちっちゃい　ぞうも、
ころされちゃうの？」
あきらが　しんぱいで　たまらな
いように　ききました。
「いいえ、せんそうは　もう　ない
のよ。あきらや　ひろしや　ぞうが、

いつまでも　おいしい　りんごを　たべられるように、おかあさんが　いうもの、せんそうを　しては　いけません！　って」。
「おかあさんが　いるから、だいじょうぶだね」。
「ええ、ええ、だいじょうぶよ」。
おかあさんの　やさしい　わらいがおを　みて、ふたりは　あんしん　しました。
「ぞうさん、おかあさんが　いるから、もう　せんそうは　こないって。しんぱい　しなくても　だいじょうぶだよ」。
あきらと　ひろしは、はしっていって、ぞうに　いってきかせました。ぞうは　めを　ほそくして、ゆっくり　はなを　ふったのでした。

（おわり）

作者・松谷みよ子（まつたに　みよこ）
東京の神田に生まれる。『貝になった子供』（あかね書房）’51 第 1 回日本児童文学者協会児童文学新人賞、『龍の子太郎』（講談社）’60 第 1 回講談社児童文学新人賞、’61 第 8 回産経児童出版文化賞、’62 国際アンデルセン賞優良賞、『ちいさいモモちゃん』’64 第 2 回野間児童文芸賞、’64 NHK 児童文学奨励賞、『モモちゃんとアカネちゃん』（講談社）’74 第 5 回赤い鳥文学賞、『私のアンネ＝フランク』（偕成社）’80 第 20 回日本児童文学者協会賞、『アカネちゃんとなみだの海』（講談社）’92 第 30 回野間児童文芸賞受賞。その作品は時代をこえ、多くの読者をひきつけてやまない。

画家・いせ　ひでこ（伊勢英子）
1949 年、北海道に生まれる。東京芸術大学デザイン科卒業。『むぎわらぼうし』（竹下文子・文　講談社）で絵本にっぽん賞、『マキちゃんの絵にっき』（中央公論新社）で野間児童文芸新人賞、『水仙月の四日』（宮沢賢治・作　偕成社）で産経児童出版文化賞美術賞、『アカネちゃんとなみだの海』（松谷みよ子・作　講談社）で赤い鳥さし絵賞、『ルリユールおじさん』（理論社）で講談社出版文化賞絵本賞を受賞。タブローの世界でも活躍。

きつねとたんぽぽ　　はじめてよむ どうわ
2009 年 7 月17日　新装版第 1 刷発行　　2022 年 3 月20日　新装版第 12 刷発行
作者・**松谷みよ子**　画家・**いせ ひでこ**　装丁・**(木下)デザイン事務所 戸﨑敦子**　発行者・小峰広一郎
発行所・**㈱小峰書店**　〒162–0066 東京都新宿区市谷台町 4–15　電話 03–3357–3521
本文組版／㈱タイプアンドたいぽ　印刷／㈱三秀舎　製本／㈱松岳社

NDC913　63p.　25 cm　ISBN978-4-338-24701-6
https://www.komineshoten.co.jp/